Reliure

2 9 JUIN 1995

Vianney Belanger

GroZœil
en vedette à Venise

collection libellule

sous la direction de
Yvon Brochu
R-D création enr.

DE LA MÊME AUTEURE

Chez Héritage

Alfred dans le métro, 1980

Opération Marmotte, 1984

L'ascenseur d'Adrien, 1985

Moi, j'ai rendez-vous avec Daphné, 1987

GroZœil mène la danse, 1989

Une lettre dans la tempête, 1990

Jules Tempête, 1991

Chez d'autres éditeurs

Histoire d'Adèle Viau et Fabien Petit,
    éditions Pierre Tisseyre, 1982

Un chien, un vélo et des pizzas,
    Québec / Amérique 1987

Doux avec des étoiles,
    éditions Pierre Tisseyre, 1988

Le passager mystérieux, Ovale, 1988

Clémentine clin d'œil, Casterman, 1991

Le champion des bricoleurs,
    Québec / Amérique, 1991

Une barbe en or, HMH, 1991

Racomptines, Raton Laveur, 1994

GroZœil
en vedette à Venise

Cécile Gagnon

Illustrations
Daniel Dumont

EH Héritage jeunesse

Données de catalogage avant publication (Canada)

Gagnon, Cécile, 1938-

GroZœil en vedette à Venise

(Collection Libellule)

Pour les jeunes.

ISBN : 2-7625-4074-7

I. Titres. II. Collection.

PS8513.A345G78 1995   JC843'.54   C95-940010-9
PS9513.A345G78 1995
PZ23.G33Gr 1995

Conception graphique de la couverture : Flexidée
Illustrations : Daniel Dumont
Réviseur-correcteur : Maurice Poirier

© Les éditions Héritage inc. 1995
Tous droits réservés

Dépôts légaux : 1er trimestre 1995
Bibliothèque nationale du Québec
Bibliothèque nationale du Canada

ISBN : 2-7625-4074-4   Imprimé au Canada

LES ÉDITIONS HÉRITAGE INC.
300, rue Arran, Saint-Lambert (Québec) J4R 1K5
(514) 875-0327

Diffuseurs :

Pour la France
Le Colporteur Diffusion
8, rue du Chant-du-loup
B.P. 01
63670 La Roche-Blanche
France

Pour la Belgique
Les Presses de Belgique
boul. de l'Europe 117
1301 Wavre
Bruxelles
Belgique

Pour la Suisse
OLF
Z13 Corminbœuf
CH 1701 Fribourg
Suisse

Pour Isabelle et Giuseppe

Chapitre

La Gattidanza

Tous les deux ans, à la mi-août, se déroule la Félidanse, le grand festival national de danse pour chats. C'est un événement extraordinaire qui réunit les meilleurs danseurs félins du pays. Moi et ma troupe, **les Pattes de velours**, nous n'avons cessé de nous entraîner tout l'été*. Alors, je ne vous surprendrai pas en vous disant que nous avons remporté le trophée pour la première place. Sans vouloir

---

* Voir *GroZœil mène la danse*

me vanter, nous sommes tout simplement les meilleurs, notre numéro est époustouflant et Daphné et moi sommes imbattables. Voilà !

Je me souviens très bien de cette nuit chaude où nous étions réunis au cœur du Parc Lafontaine. Quel bonheur quand, tout à coup, les murmures ont cessé et la voix d'un des juges a tonné dans le micro :

« Médaille d'or : **les Pattes de velours !** La troupe composée de Kazou, Jojo, Zig et Doudou et des danseurs étoiles... Daphné et GroZœil. »

Un tonnerre d'applaudissements a aussitôt résonné dans la nuit sous la voûte des grands arbres.

Tout excités, Daphné et moi sommes montés sur le podium. Dès cet instant, tandis que crépitaient les flashes électroniques, nous savions qu'une étape importante de notre vie venait d'être franchie.

Mais le plus beau restait à venir...

Car, avec la médaille des champions au cou, il nous faut à présent défendre notre titre au *Grand Prix international de danse* à Venise! C'est ainsi que nous sommes entrés très vite dans un monde auquel nous n'osions même pas rêver.

* * *

Nous arrivons à Venise tôt le matin avec, pour seul bagage, des provisions de boîtes de nourriture Patacha. Car la compagnie Patacha nous commandite en payant notre voyage et, en échange, nous nous sommes engagés à lui faire de la publicité.

Dès le premier moment où nous posons les quatre pattes à Venise, nous sentons que nous entrons dans une ville magique. À la seule vue des maisons, des églises, des balcons et des coupoles, on est transportés dans un monde féerique plus proche des contes anciens que des ruelles et des centres commerciaux auxquels nous sommes habitués.

Mais cette ville renferme un grand danger : l'eau! On sait que Venise est bâtie sur l'eau, mais le fait que les « rues » sont des canaux nous terrifie. L'eau et les chats ne vont pas ensemble, c'est connu.

— Vois-tu l'eau devant nous? s'inquiète Daphné, toute tremblante.

— C'est un canal. Encore un. Il y en a partout, dis-je en soupirant.

— Et regarde les maisons qui se reflètent dedans comme dans un miroir ; on pourrait s'y méprendre, remarque Doudou.

— Ne nous séparons pas... c'est trop dangereux !

Un chat moustachu nous accueille au nom du comité national. Il a l'air parfaitement à l'aise dans ce décor. Il porte une jolie casquette brodée de fils dorés et un macaron rouge marqué d'un gros G. Il s'avance vers nous la patte tendue et roulant les hanches.

— **Les Pattes de velours**, c'est bien vous ? demande-t-il.

— C'est bien nous, dis-je, en lui serrant la patte.

— Je suis Renzo, de la Gattidanza.

— La Gati quoi? s'étonne Daphné, croyant à une marque de bouffe pour chats.

Renzo se met à rire.

— Ah! vous ne parlez pas italien. La **Gattidanza**, c'est le nom de la grande compétition. Euh... ça veut dire : Danse des chats. Vous allez entendre souvent ce mot pendant votre séjour ici. GATTIDANZA. Regardez, fait-il en nous désignant une affiche collée au mur où ce mot est imprimé en grosses lettres noires, avec le même « G » doré de son macaron.

— Gat-ti-dan-za, répètent Jojo et Doudou, amusés.

— Alors, venez, je vous emmène ! Nous avons rendez-vous à la Place Saint-Marc... suivez-moi, parce qu'on peut se perdre facilement à Venise.

Tous les six, nous suivons Renzo sans tarder vers la place où a lieu le grand rassemblement des délégations.

Chapitre

Aiuto !

Tout me surprend dans cette ville. Jamais je n'arriverai à me rappeler toutes les péripéties de ce premier trajet dans Venise. Mais ce qui me fait sans aucun doute la plus forte impression, c'est qu'il n'y a pas d'automobiles. Ni de trottoirs. Seulement des piétons, des vélos, des pigeons et... des chats. Un vrai paradis !

— Pas d'autos, c'est rassurant, me murmure Daphné.

— T'as vu les chats? Regarde sur le toit, là, et sur ce balcon! Ils sont au moins vingt!

— La ville leur appartient, on dirait...

— Heureusement qu'il y a aussi de vraies rues sur la terre ferme, dis-je, parce que moi, je n'aime pas du tout les canaux!

Le museau en l'air, nous suivons Renzo en zigzaguant le long des petites rues. Des fenêtres ouvertes et des balcons nous arrivent des bruits et des voix. Renzo nous fait de grands signes pour nous indiquer le chemin, car les distractions ne manquent pas.

À chaque instant, nos oreilles s'emplissent de sons divers. Des cloches d'églises sonnent, les vendeurs et vendeuses de tout genre crient des mots incompréhensibles,

les messieurs discutent et gesticulent devant les cafés. Mais je crois que ce sont surtout les odeurs qui m'enchantent. En plus de l'arôme du café et de la puanteur délicieuse des ordures qui attendent le ramassage, il règne sur la ville un parfum que je reconnaîtrais entre tous: le poisson frais. Un délice!

En ces heures matinales, les marchés aux poissons sont en pleine activité.

— Hummmm! Sens-tu les maquereaux? Et les rougets? me lance Daphné.

— Oh! les langoustines! M-m-m.

Autour des étals rôdent des centaines de chats. Mais malheureusement, nous n'avons pas le temps de faire connaissance car Renzo nous presse.

Je sens que cette ville va me plaire énormément.

Enfin, nous franchissons un très large pont de pierre sur lequel sont construites des boutiques.

— Des boutiques sur un pont! Surprenant! s'écrie Kazou.

— Mais gare à l'eau en dessous! fait Jojo.

Renzo nous invite à grimper sur le garde-fou. Ce que nous faisons avec beaucoup de crainte et de précautions.

— Voici le plus large pont de Venise, annonce-t-il fièrement, le **Rialto**! En bas, coule le Grand Canal, notre artère principale.

Et, là quel choc! En effet, le Grand Canal ressemble tout à fait à une autoroute, tant la circulation y est dense. Bateaux à moteur, barques, gondoles, vedettes voguent dans tous les sens. La tête me tourne quand j'entends Renzo dire avec un large sourire :

— C'est ici qu'aura lieu la finale de la Gattidanza !

— Sur le pont ? demande Kazou qui blêmit.

— En plein milieu ! Le pont sera fermé pour l'occasion et un escalier complet nous est réservé. C'est rare, ajoute Renzo en sautant à terre.

Je me demande si les chats vénitiens ne sont pas d'une race particulière qui les empêche de craindre l'eau. Se peut-il qu'ils sachent même nager ? Je prends note dans ma tête de le demander à Renzo.

Après le pont, nous continuons notre route. Attiré par une odeur sucrée et piquante à la fois, je m'attarde devant une minuscule boutique toute sombre où un artisan fabrique des bottes. Des peaux de cuir de couleurs variées sont suspendues aux poutres et, sur l'établi, sont rangées des bottes magnifiques en cuir souple et brillant. Je suis séduit. Quel dommage que de si jolies bottes soient faites pour des pieds d'humains! J'ai bien envie d'entrer. Le bottier m'aperçoit et me salue d'un joyeux *Buongiorno!*

Je lui renvoie son salut puis, en me retournant, je constate avec effroi que mes amis ont disparu. Je lance un appel désespéré:

— Hé! Renzo! Où êtes-vous?

Personne ne me répond. Il faut que je retrouve la casquette rouge! Je fonce à travers la cohue quand soudain un horrible grognement se fait entendre. Mon cœur s'affole : j'ai reconnu l'odeur haïe du chien ! Je cours aveuglément, espérant échapper aux crocs d'un molosse que je sens déjà tout près derrière moi. Les grognements s'intensifient. Je cours plus vite encore. Mon cœur va éclater. Pris de panique, je crie de toutes mes forces :

— Renzo ! Au secours !

Mais ma course se termine abruptement : je freine toutes griffes dehors, car à deux centimètres devant moi s'étale l'eau noire d'un canal. J'ai le choix entre l'eau ou les crocs. Tout espoir est perdu. Avec courage, je me retourne pour apercevoir un chien, oui, un affreux chien jaune au bout d'une laisse, mais il porte une muselière ! Une muselière, vous vous rendez compte! Règlement municipal, paraît-il. Quelle ville, ah! quelle ville!

C'est grâce à cette terrible frousse que j'apprends mon premier mot italien : *AIUTO*. Renzo, que je retrouve quelques instants après, m'explique que la prochaine fois, je pourrai crier *AIUTO!* Ce qui est l'équivalent italien de «Au secours». *Aiuto!* Amusant, n'est-ce pas? Retenez-le, ça pourrait vous servir un jour.

Paris

Chapitre

Pasta

Nous arrivons enfin Place Saint-Marc après mille petits détours épuisants. Et là, c'est la merveille : un lieu grand comme euh... grand comme IMMENSE, avec une foule grouillante et des nuées de pigeons qui volettent un peu partout. Pas d'eau, cette fois : le bonheur !

Une grande bannière occupe le centre de la place sur laquelle on retrouve « notre » gros G doré. Sous la bannière, une estrade où s'alignent des chats magnifiques au poil lustré.

— Les officiels de la Gattidanza, nous précise Renzo.

Tous les palais autour de la place, et même le campanile sont décorés de bannières de tissu rouge qui annoncent l'événement et battent joyeusement au vent. Ça fait chaud au cœur de voir que notre compétition jouit d'un tel prestige.

Autour de nous, les équipes de danseurs de différents pays font connaissance. Intimidés, nous observons les autres, et avec l'aide de Renzo, nous identifions quelques personnages. Les membres de la troupe argentine **Tango Tango** se trémoussent allègrement. Quelle allure ils ont ! Ondina, la danseuse vedette, est superbe! Elle est encore plus belle que sur ses photos.

Grâce à Renzo, nous faisons la connaissance de Mozarello. C'est un danseur italien très athlétique. Mon attention est attirée par la présence d'un grand chat noir, très élancé, qui se tient droit et ne parle à personne.

— C'est Ptah, l'Égyptien, chuchote Renzo. Et ces deux-là, c'est Bob et Bill, des États-Unis.

Nos têtes se tournent vers deux énormes spécimens félins en camisole qui font des bulles avec leur gomme balloune tout en martelant les dalles de la place de leurs claquettes qu'ils ont aux pattes. Ils lancent à la ronde:

— *Hi baby!*

Et soudain, nous entendons parler notre langue. Intrigués, nous approchons d'un groupe de quatre chats coiffés de somptueux chapeaux. Renzo nous présente à celui qui semble le meneur, un grand chat tout gris avec deux longues touffes de poils sur les joues qui lui donnent l'air d'avoir une barbe.

— Voici Auguste, dit Renzo, c'est le chat...

— Mes hommages! l'interrompt le chat gris en retirant avec une suprême élégance son large chapeau pour nous faire la révérence. Je suis Auguste, en effet, pour vous servir, et voici mes compagnons: Marquis, Rex et Princesse. Nous sommes de la France. Et vous?

— Du Québec. **Les Pattes de velours**, c'est nous! dis-je en tentant de démontrer, moi aussi, un peu d'élégance dans le ton.

31

— Du Québec! s'exclame Auguste. Des cousins de la fesse gauche! Formidable. Vous êtes drôlement costauds, les Québécois, qu'est-ce que vous mangez?

En guise de réponse, Daphné sort de son sac une boîte de Patacha et la lui présente.

— De la conserve? C'est vraiment étonnant. On nous a toujours dit que ça empêchait de grandir. Hum, fait Auguste, nous on s'alimente exclusivement de saucisson. Et quel goût a donc votre pâté?

— Ça goûte bon! déclare Jojo en roulant ses grands yeux en direction du barbu.

— Ah! *ça goûte*... s'écrie Auguste! *Ça goûte bon*, entendez-vous ça? Quel parler savoureux, ces Québécois! Oh!

je veux bien goûter à votre Patacha pour le p'tit déj!

Soudain, Renzo annonce en s'adressant à nous :

— L'équipe de France va loger avec vous. Et d'ailleurs, voici l'hôtesse qui doit vous conduire à votre lieu de résidence.

S'avance alors vers nous la plus jolie chatte rousse qu'on puisse imaginer, avec un collier de brillants au cou et de très longues moustaches.

— Je vous présente votre hôtesse Micia, poursuit Renzo. Elle s'occupera de vous à partir de maintenant.

La première chose que fait Micia, c'est de nous remettre un macaron bleu qu'on doit porter en tout temps. Elle nous parle d'une petite voix haut perchée et avec un accent roucoulant.

— Maintenant, il faut écouter les discourrrs, fait-elle.

Sur l'estrade, les personnalités s'adressent à la foule... en italien. Je ne comprends rien et me rapproche de Micia pour qu'elle me traduise. Elle me glisse quelques mots à l'oreille, mais ses longues moustaches me chatouillent... *AIUTO!* Daphné me fait de gros yeux; mais j'adore les chatouilles!

Les discours de bienvenue s'éternisent et je sens une petite faim qui ne cesse de grandir. Mon estomac se met à gargouiller.

— Un peu de silence! fait Micia qui croit qu'on bavarde entre nous. On va vous parler en français!

J'essaie de bâillonner mon estomac avec mes pattes. Heureusement, la voix au micro enterre mes gargouillis.

— La compétition se tiendra à 22 heures, ce soir, sur le pont du Rialto. Les hôtesses guideront les danseurs qui iront s'entraîner à la *palestra* aujourd'hui, à partir de 17 heures. C'est là qu'ils recevront leur ordre d'entrée en scène. Et c'est également à cet endroit qu'ils doivent déposer leurs cassettes d'accompagnement musical et leurs costumes.

Je suis abasourdi : des costumes ? des cassettes ? Nous, **les Pattes de velours**, n'avons rien de tout ça !

— Et maintenant, fait l'annonceur, le repas vous est servi : *Buon appetito !*

Je n'ai pas le temps de trouver une réponse à mes inquiétudes. Un cortège de marmitons surgit, transportant fièrement d'énormes marmites fumantes qu'ils déposent par terre devant nous.

— *Pasta e fagioli*, annonce Micia. Ça veut dire : Pâtes et fèves. Un plat typique !

Moi, je serais prêt à manger du serpent, à condition de bouffer à la même marmite que Micia. Pour sa part, Auguste trouve que ça manque un peu de charcuterie !

— Et après le repas, qu'est-ce qu'on va faire jusqu'à 17 heures ? demande Kazou qui ne tient jamais en place.

— La sieste, bien sûr, répond Micia.

La sieste ! Décidément, j'adore Venise. Et les jolies chattes rousses aussi...

Chapitre

Siesta chez Pantalon

Nos pâtes avalées, Micia nous conduit sur une place tranquille où se dresse une église aux murs terriblement crevassés qui ne m'inspirent pas trop confiance. On s'arrête. À ma grande surprise, Micia nous annonce que nous voilà arrivés au logis. J'ai bien hâte de m'allonger parce que je suis crevé, mais l'idée de pénétrer dans une église me paraît un peu extravagante. Nous entrons quand même, non pas par la grande porte de bois foncé mais par une chatière pratiquée dans l'angle du mur. Tiens, tiens! Quelle gentillesse! Les chats vénitiens sont plutôt choyés.

Rendu à l'intérieur, je ne suis pas rassuré car il fait sombre et l'odeur de la cire des bougies qui clignotent dans le noir ne me plaît pas. On entend soudain grincer une porte. Puis, après de multiples détours dans des couloirs humides, nous nous retrouvons en pleine lumière, sous des arcades à colonnes qui entourent un magnifique jardin fleuri. Un petit monsieur à barbe blanche, vêtu d'une longue robe noire, nous souhaite la bienvenue.

— À Venise, les chats vivent dans les églises, annonce-t-il. Nous sommes enchantés de vous accueillir à *San Pantalon*. Le jardin du monastère est à votre disposition.

Et aussitôt, nous voyons surgir sous les arcades une bonne dizaine de matous et de chattes qui nous font des politesses puis retournent se coucher. La sieste, quelle bienheureuse habitude! Vraiment, cette ville n'a pas fini de me surprendre. Quand on pense qu'ici, même un pantalon peut devenir un saint! C'est franchement fabuleux. On aura tout vu!

Micia nous quitte (dommage!) en promettant de venir nous chercher pour nous mener à la palestre. Je m'installe enfin pour une sieste bien méritée, à l'ombre d'un énorme pot de fleurs. J'ai à peine le temps de fermer l'œil que toute la troupe m'entoure et siffle dans mes oreilles.

— Qu'est-ce qu'on va faire pour la musique? demande Jojo avec inquiétude. C'est une catastrophe!

— Et les costumes, continue Jojo ?

— On va avoir l'air fou, si tout le monde en a et pas nous.

— GroZœil, tu ne vas pas dormir maintenant ! Il faut qu'on fasse quelque chose ! s'écrient Zig et Kazou d'une voix paniquée.

— Chut ! lance un chat jaune aux moustaches dressées. Silence ! c'est la *siesta* !

C'est Daphné qui vient à la rescousse. Sans un mot, elle tire de son sac les boîtes de Patacha, la nourriture pour chats. Elle les empile soigneusement deux par deux avec un petit sourire.

— J'ai la solution, chuchote-t-elle. Ne vous en faites pas. Tout va s'arranger.

Mais ni moi ni les autres ne com-
prenons où elle veut en venir. Puis,
elle fait des signes à Jojo et à Doudou
et murmure quelque chose à Kazou
qui fait « oui, oui » de la tête.

— C'est simple comme bonjour,
reprend-elle à voix basse, nous allons
improviser un orchestre avec ce qu'on a.

Génial.

Est-ce que ça va suffire ? On verra
bien ! Moi, je reprends ma sieste.
Daphné, elle, se dirige vers le fond du
jardin où sont regroupées sous les
arcades cinq ou six chattes mignon-
nes ; avant de m'endormir, je les vois
se peigner et lisser leurs poils devant
un grand miroir. Princesse fait partie
du groupe. Que mijotent donc ces
félines ?

Chapitre

Le Chat botté

À 17 heures, Micia nous escorte tous les dix à la palestre. Nous marchons en tête. Je suis préoccupé de savoir si le plan de Daphné va réussir. Car elle nous a convaincus de constituer nous-mêmes un mini-orchestre qui nous servira d'accompagnement musical. Les chattes vénitiennes lui ont prêté un peigne, Kazou a récupéré deux cuillers, Jojo, un rouleau de corde et Doudou, deux baguettes, dans les poubelles d'un restaurant chinois. Il va falloir mettre tout ça en valeur !

Auguste et ses trois coéquipiers nous accompagnent ; ils portent toujours leurs chapeaux. Rex et Princesse trimballent ensemble un énorme sac de sport, bourré de vêtements. Ça m'intrigue.

J'entends quelqu'un claquer des talons derrière moi. Je me retourne et remarque qu'Auguste est chaussé d'une magnifique paire de bottes de cuir souple et rouge. C'est lui qui fait claquer ses talons ! Les bottes d'Auguste me font blêmir d'envie. Ah ! que j'aimerais en posséder d'aussi belles !

Mais nous arrivons à la palestre pour nous inscrire à la compétition et recevoir nos numéros respectifs. Sans tarder, je m'avance devant les deux

officiels à la casquette rouge et je dis
haut et fort :

— **Les** **Pattes** **de** **velours**,
Québec.

— Quel est le titre de votre numéro de danse ? me demande l'une des deux demoiselles.

— Pat-pa-di-dam !

— Costumes ?

— Non.

— Musique d'accompagnement ?

— Non.

Elle lève la tête et nous regarde avec un drôle de petit air. Micia nous sourit.

— Allons vite nous entraîner, lance Daphné.

Nous entrons dans le gymnase.

— Suivant ! fait l'officiel.

Auguste et les autres de sa troupe s'avancent. Je jette encore un coup d'œil vert de jalousie sur ses belles bottes et je l'entends répondre à la première question de la préposée aux inscriptions :

— **Le Chat botté.**

Le chat botté! C'est donc pour ça qu'il a des bottes!

— Ah! s'écrient les officiels. *Il gatto con gli stivali. Carino!*

Je repasse dans ma tête l'histoire du chat botté que tous les chats connaissent; en effet, les membres du groupe sont bien les mêmes que ceux de l'histoire. Rex, c'est le roi, Princesse, la fille du roi et Marquis, le fils pauvre déguisé en marquis de Carabas! Sûrement que ces trois-là ont aussi des bottes dans leur sac! Ah! les chanceux!

Le chat botté et sa suite entrent à leur tour dans le gymnase.

— GroZœil, dit-il, on a le numéro 24. On passe les derniers ; ça c'est de la veine !

— Vingt-quatre ! Et nous ?

Je me rends compte qu'on a oublié de nous donner un numéro. Vite, je sors du gymnase et retourne voir les officiels. Mais je m'embrouille et n'arrive pas à expliquer ce que je veux...

— Micia, *AIUTO !*

Micia vient à mon secours et... nous obtenons enfin notre numéro : le 25. C'est nous qui serons les derniers à danser sur le pont du Rialto, tout de suite après **Le Chat botté !**

Et maintenant, à l'entraînement !

Chapitre

Une chicane de bottes

Juste avant de commencer nos exercices de réchauffement et répéter notre numéro de danse, je complimente Auguste sur ses belles bottes. C'est plus fort que moi : elles me font tellement envie !

Et ma curiosité est satisfaite car, ainsi que je le soupçonnais, le gros sac contient non seulement deux autres paires de bottes mais de magnifiques vestes en velours, garnies de dentelle et de galons dorés! Je crève de jalousie.

Rex et Marquis sont en train de les revêtir tout en me précisant que ces vestes s'appellent des pourpoints. Princesse, elle, jette une mante légère sur ses épaules et ajuste deux rangs de perles entre ses deux oreilles. J'admire leur allure; je trouve Auguste le plus élégant des quatre avec ses bottes et son chapeau à plumes. Je me dis que **les Pattes de velours** auront du mal à se démarquer de tels concurrents.

Moi, je n'avais jamais même songé, avant ce jour, à m'intéresser aux accessoires. Daphné a toujours soutenu que tout était dans le geste et la souplesse du corps. Mais nous sommes à Venise où rien n'est plus pareil.

— En plus de danser, on va faire la musique, dit Kazou avec enthousiasme en déballant les boîtes de Patacha.

Nous nous mettons en place pour la répétition. Je me sens un peu découragé, mais Kazou et Daphné me rassurent. Voici comment ça se déroule:

Zig attache deux boîtes de Patacha sous ses pattes. Kazou bat la mesure avec ses cuillers. Doudou souffle le long du peigne recouvert d'un papier de soie et Jojo tape sur un tambour improvisé. Il ne reste plus qu'à entonner notre chanson thème:

Pat-pa-di-dam
Pat-pa-ta-cha!

Et c'est parti! Le rythme nous mène. Daphné et moi retrouvons sans effort notre entrain. Nos amis fran-

çais, surpris et amusés, s'arrêtent pour nous regarder évoluer. Nos musiciens improvisés arrivent à danser tout en tapant du pied et en maniant leurs instruments! Faut l'faire! Du coup, Daphné et moi décidons d'un commun accord de chanter en duo tout au long de notre numéro.

Au bout d'un moment, nous sommes épuisés mais satisfaits. À côté de nous, les danseurs du **Chat botté** ont cessé leur répétition. Rex, Marquis et Auguste discutent vivement tandis que Princesse se tient à l'écart. Le ton monte, des cris s'élèvent. On sent bien que les trois danseurs vont en venir aux coups. Princesse, affolée, se tourne vers nous.

— Arrêtez-les! Ils vont se battre!

— Qu'est-ce qui se passe? demande Daphné.

— Une chicane de bottes!...

De bottes? Ah! ah! Ça m'intéresse.

— ... En dansant, Auguste a perdu un talon de ses bottes rouges, explique Princesse en haletant. Il veut que Rex lui passe les siennes car celles de Marquis sont trop petites, mais Rex ne veut rien savoir et...

Sans hésiter une seconde, je fais signe à Zig et à Kazou et nous nous précipitons vers les trois furieux qui lèvent déjà les poings en sifflant des injures. C'est une affaire de gars.

Je n'aime pas trop me mêler des chicanes des voisins, mais une petite idée a fait rapidement son chemin dans ma tête. Je crie haut et fort:

— Hé là! calmez-vous. Êtes-vous danseurs ou lutteurs?

Auguste, Rex et Marquis, la face rouge de colère et les moustaches hérissées, se tournent vers nous.

Chapitre

Aiuto, encore!

— Un chat botté sans bottes, c'est ri-di-cu-le! hurle Auguste. Sans mes bottes, je refuse de danser, dit-il en lissant ses moustaches et en s'éloignant.

— Attends une minute, Auguste.

Ayant réussi à séparer les batailleurs, je prends les choses en main.

— Voici ce que je te propose, Auguste, lui dis-je. Confie-moi tes bottes. Si je parviens à te les faire réparer et à les rapporter à temps pour ton numéro...

Surpris par ces mots, Auguste fait demi-tour et me jette un regard sévère. Micia, qui a assisté à toute la scène, confirme :

— On a le temps. Il reste trois bonnes heures.

Je remercie Micia d'un clin d'œil et poursuis, alors qu'Auguste s'apaise un peu :

—... et en échange de ce service, je te demande, Auguste, de me céder tes bottes quand tu auras fini de danser ! Tu veux bien ?

— Tu les auras ! lance Auguste qui retire ses bottes sur-le-champ et me les tend. Mais il me les faut pour le spectacle!

— Promis!

Maintenant, je songe que je dois retrouver l'atelier du bottier *Buongiorno* aperçu le matin. Et surtout, ne pas me perdre en chemin. Heureusement, Micia décide de m'accompagner.

— Et toi, Daphné, tu viens avec nous?

— Moi? J'ai rendez-vous à San Pantalon, dit-elle avec un air de mystère. Préparation pour notre spectacle!

— Bon. Mais as-tu une idée avec quoi je pourrai payer l'artisan?

— Tiens, fait Daphné, prends les dernières boîtes de Patacha. Elles pourront te servir. On se retrouve au pont du Rialto à l'heure convenue. Tu verras, j'aurai une petite surprise...

Me voilà donc au cœur de Venise à l'heure où les habitants font leur promenade du soir, en route vers la boutique du bottier. Grâce à Micia, on arrive facilement à l'échoppe. Et *Buongiorno* accepte de réparer la botte d'Auguste ; mais comme de nombreux clients attendent, il nous faut patienter.

— Pas de problème, fait Micia. J'habite le quartier. Allez, viens !

Micia m'entraîne d'un bon pas vers un bar très animé, le *Gatto Bar*. En Italie, un bar est un lieu super achalandé : en fait, c'est l'âme du quartier. On s'y arrête à toute heure pour siroter un café et bavarder. Debout au comptoir, les gens discutent et refont le monde.

Au *Gatto Bar* j'ai le choc de ma vie. Il y a bien le patron, un homme avec un tablier blanc qui se tient derrière la caisse, mais les employés sont tous des chats roux! L'un actionne la machine à café, l'autre sert les apéritifs, un troisième prépare des sandwichs et un autre encore sert les glaces. Et quelques-uns nettoient, astiquent, lavent les verres, empilent les assiettes sales. Ils sont tous d'une adresse incomparable.

— Que dirais-tu d'un bon café? me demande Micia.

Je réussis à me glisser vers le comptoir. Micia lance au grand roux de la machine à café:

— Deux cafés, Aldo!

Aldo met la machine en branle : elle siffle et crache. Dans le temps de le dire, il dépose devant nous les tasses minuscules en s'inclinant :

— *Ecco, Mamma !*

Mamma ? Je jette un coup d'œil à Micia qui sourit en trempant son museau dans le liquide noir :

— Ce sont tous mes fils et mes filles qui travaillent ici. N'est-ce pas qu'ils sont formidables ?

Je reste bouche bée. J'observe les allées et venues de ces huit chats et chattes. L'un après l'autre, sans cesser de travailler, ils saluent leur maman en criant *Ciao Mamma !* au-dessus des têtes des clients. J'avoue que j'ai besoin d'un moment pour reprendre mes esprits. Je ne m'attendais pas à découvrir en Micia une mère de huit enfants ! Une chance que le café noir me remet d'aplomb, car bientôt le bruit des cloches qui sonnent l'heure me fait sursauter.

— Hé, Micia ! Il est 21 heures. Les bottes ! Il faut s'en retourner !

— Tu as raison. Allons-y !

Le bottier a terminé et il accepte de se faire payer avec mes trois dernières boîtes de Patacha. Heureusement, le talon est en place et il ne nous reste plus qu'à reprendre notre chemin vers le Rialto. Mais soudain, une odeur suave envahit mes narines. Poissons et fruits de mer ! Le délice des délices.

Devant nous, sur la place, les tables de bois sont vides sous les auvents. Les marchandes de poissons ont plié bagage mais les restes odorants sont là qui attendent le ramassage.

— J'ai une petite fringale, dis-je à Micia. Une tête de poisson me plairait bien...

Sans attendre, je file sous un étal et y dépose mon sac qui me gêne. Je déniche une superbe arête, garnie d'une tête et d'une queue. Je m'apprête à la croquer quand je vois sous mon nez trois énormes matous, les babines retroussées, qui grognent et me menacent.

Comment ai-je pu oublier que mes semblables ont des territoires précis et qu'ils ne laissent jamais les intrus y pénétrer? Et moi, un étranger, en plus! Les matous foncent sur moi, les crocs sortis. Rien à faire, il faut que je déguerpisse, et vite!

Je lâche l'arête et, le cœur en émoi, je saute sans hésiter vers un refuge inespéré : une fenêtre ouverte et un balcon fleuri !

Plouf !

Sur l'eau des canaux étroits, les façades des maisons se mirent comme dans un miroir. Doudou l'avait bien remarqué. Le balcon qui devait me sauver, eh bien, c'est le canal !

AIUTO !

Chapitre

Ouf !

Je ne sais pas nager. Et me voici, suprême horreur, dans l'eau noire du canal. Je suis trop surpris pour penser à la mort et, en barbotant de toutes mes forces, j'arrive à maintenir ma tête hors de l'eau. Je suis seul à me débattre dans cet univers liquide ; j'entends des cris venir de je ne sais où et juste au moment où je m'apprête à hurler *AIUTO !* en crachant de l'eau, je vois foncer vers moi un bateau bleu. C'est la barque des ordures dont Micia m'a parlé et qui fait sa ronde. Elle va m'écraser!

La barque ralentit et accoste. Ouf! D'un bond, Micia saute à bord. Les trois affreux matous nous crient des injures:

— *Ladro! Bandito!*

— *Via! Via!*

Tandis que les éboueurs chargent les déchets, Micia grimpe à l'avant de la barque et me fait des signes. Je tiens bon et enfin, des bras me repêchent. Je suis trempé et épuisé; je m'ébroue et reprends petit à petit mes esprits. Mais soudain, j'ai le cœur qui fait des bonds:

— Micia! mon sac avec les bottes! Où est-il?

— Ici! Sur le bateau parmi les ordures du marché, dit-elle calmement.

— Il faut le retrouver!

La barque des éboueurs continue son chemin sur les canaux. Nous fouillons les déchets empilés et finissons par retrouver mon sac à dos et les bottes d'Auguste. Ouf!

Le ciel est maintenant tout noir. On entend au loin la musique qui signale le début de la *Gattidanza*.

— Micia, demande-leur de filer au pont, dis-je.

— Mais ils doivent ramasser les déchets tout le long du chemin, répond Micia. Que veux-tu, c'est leur gagne-pain!

Je suis désespéré. Jamais on ne sera au Rialto à temps! Et nous continuons de circuler en lacets sur les canaux. Les cloches sonnent vingt-deux heures!

Tout à coup, devant le bateau, le chemin s'élargit. Que se passe-t-il? Arrivons-nous à la mer? En faisant un virage qui lance une gerbe d'eau brillante, la barque entre dans... le Grand Canal. Je vois devant nous la silhouette du pont tout illuminé et je parviens même à distinguer les danseurs!

Le conducteur de la barque met le moteur à plein régime. On arrive! Micia se rapproche et m'indique, à l'angle d'un palais, un restaurant fameux où sont attablés les dîneurs. On peut voir, à l'étage, l'intérieur de la cuisine où le personnel semble débordé. Et juste en passant sous la fenêtre, un cri d'horreur retentit :

— Les spaghettis sont TROP CUITS !

Ça, je sais que c'est une faute impardonnable ! Moi, je me fiche pas

mal de la cuisson des pâtes, car je ne pense qu'à sauter de la barque et à rejoindre Auguste qui doit faire du sang de punaise.

— *Attenzione*! lance Micia. Les spaghett....

Une fois à terre, je n'écoute plus Micia. Déjà, je file vers le pont. Je sens bien une petite chaleur moite m'envahir, mais je mets ça sur le compte de l'émotion! On peut dire que je n'en suis pas privé.

— GroZœil! fait la voix lointaine de Micia couverte par les premières mesures des violons qui retentissent.

À bout de souffle, j'atteins la scène. Auguste m'accueille comme un sauveur.

— Ah! GroZœil, tu es merveilleux!

Il enfile ses bottes à toute vitesse, puis il me regarde d'un air interrogateur :

— Mais quelle drôle de tête tu fais !

Ses compagnons le pressent et il entre sur la piste. C'est gagné pour les bottes mais ce n'est pas fini pour moi ! **Les Pattes de velours** passent tout de suite après eux !

Je cherche Daphné et mon groupe des yeux. Ah ! ils sont là !

— GroZœil, te voilà enfin ! On avait peur...

— Tout le monde est prêt, annonce Kazou.

— Mais où est Daphné ? dis-je.

— Ici.

Devant moi se tient un personnage à la crinière bleue relevée en pointes, le visage mi-blanc, mi-noir, et la queue toute bleue parsemée d'étoiles. Et pour m'étonner encore plus, ce curieux personnage déclare :

— Je t'avais promis une petite surprise...

C'est Daphné ! Elle est méconnaissable !

— Quelle coiffure incroyable ! dis-je, au comble de la stupéfaction.

Je n'ai pas le temps d'ajouter un seul mot car un tonnerre d'applaudissements suit la performance des danseurs du **Chat botté**. Auguste vient vers moi.

— Tiens ! Elles sont à toi, fait-il, tout haletant, en me tendant ses bottes.

— C'est notre tour! En piste!
signale Daphné.

Aussitôt, Kazou entonne le refrain
en tapant les cuillers contre ses
cuisses:

Pat-pa-di-dam
Pat-pa-ta-cha!

Nous sautons sur la scène et, tout
de suite, nos pas marquent le rythme.
Je me sens le cœur léger, même si j'ai
la tête un peu lourde.

— Toi aussi, tu es pas mal bien
coiffé! me glisse discrètement
Daphné.

Je ne comprends pas ce qu'elle
veut dire.

Tous les membres de notre troupe
donnent le meilleur d'eux-mêmes.
Notre musique d'accompagnement est

si entraînante que la foule tape des mains et nous soutient en scandant le refrain.

Je me sens tellement joyeux et si bien entouré que j'improvise les derniers couplets de notre chanson :

Pat-pa-di-dam
pat-pa-di-do
J'ai appris plein de mots
Aiuto ! Buongiorno !
Et j'ai même sauté à l'eau !

Pat-pa-di-dam
pat-pa-di-da
J'ai fait la siesta
J'ai mangé la pasta
Et en avant la musica !

Pat-pa-di-dam
pat-pa-di-dé
J'ai pas envie de m'en aller
Ah ! c'est juré
je reviendrai !

Pat-pa-di-dam
pat-pa-di-da
Vive Venezia !
Vive la Gattidanza !
Et maintenant
Basta !

* * *

Les mots me manquent pour vous raconter la suite. Ce fut un véritable triomphe. Nous avons obtenu la troisième place. Quand nous sommes montés sur le podium, la foule s'est mise à hurler. On a entendu des voix dire à notre sujet :

— Des artistes polyvalents ! Formidables !

— Ils savent tout faire, ces Québécois !

Je me demande encore si le fait d'avoir eu une coiffure en « spaghettis

trop cuits» a aidé à notre succès. On ne le saura sans doute jamais.

Je suis rentré de Venise avec une belle paire de bottes et un petit souvenir tendre dans mon cœur pour Micia et sa famille nombreuse. Daphné, elle, ne parle que des coiffeuses de San Pantalon. On retournera. C'est promis.

FIN

Table des matières

Petit lexique pour apprendre quelques mots d'italien

Aiuto! : au secours ! à l'aide !

Attenzione! : attention !

Bandito : bandit

Basta : assez

Buon appetito : bon appétit

Buongiorno : bonjour

Carino : joli, mignon

Ciao! : salut !

Danza : danse

Ecco : voici

Gatti : chats

Gatto : chat

Il gatto con gli stivali : le chat botté

Ladro : voleur

Micia : chatte

Palestra : gymnase

Pasta e fagioli : pâtes et fèves

Siesta : sieste

Venezia : Venise

Via ! : Allez-vous-en !

Mot de l'auteure

Cécile Gagnon

GroZœil et Daphné sont des chats qui vivent des aventures comme les humains. Ils me ressemblent. Et comme j'aime la ville de Venise où j'ai séjourné plusieurs fois, je les ai envoyés y faire un tour.

J'ai pensé que les lecteurs, en les suivant, feraient la connaissance de cette ville magique où habitent des milliers de chats.

 Je suis une curieuse qui s'émerveille de la moindre chose. Je passe beaucoup de temps à la campagne où j'aime identifier les oiseaux en marchant dans les bois et regarder paître les vaches dans les champs. Je raffole aussi des voyages. Mais je dois avouer que mes activités préférées entre toutes sont la lecture et l'écriture.

Mot de l'illustrateur

Daniel Dumont

C'est avec beaucoup de plaisir que j'ai illustré *GroZœil en vedette à Venise*. Je peux même dire qu'en illustrant cet autre roman de Cécile Gagnon, le goût m'a pris très souvent de laisser tomber crayons et pinceaux et d'aller me promener le long des canaux à Venise.

Par contre, jamais, je ne me risquerais à participer à un concours de danse international, comme **Les Pattes de velours**... Un concours de goûteur de pâtes, ah! ça, je ne dirais pas non! J'en profiterais même pour emmener toute ma famille à Venise et, qui sait? nous y croiserions peut-être GroZœil et Daphné...

En attendant, je vais continuer à travailler. Comme GroZœil, j'ai créé ma propre entreprise en m'associant à André Gratton. À cœur de jour, de semaine et d'année, nos crayons et pinceaux dansent sur une table de travail.

Dans la même collection

Bergeron, Lucie,
Un chameau pour maman
La grande catastrophe
Zéro les bécots!

Boucher Mativat, Marie-Andrée,
La pendule qui retardait
le bulldozer amoureux
Où est passé Inouk?
Une peur bleue

Campbell, A, P.,
Kakiwahou

Comeau, Yanik,
L'arme secrète de Frédéric

Gagnon, Cécile,
L'ascenseur d'Adrien
Moi, J'ai rendez-vous avec Daphné
GroZœil mène la danse
Une lettre dans la tempête
GroZœil en vedette à Venise

Gagnon, Gilles,
Un fantôme à bicyclette

Gélinas, Normand,
La planète Vitamine
Une étoile à la mer!

Julien, Susanne,
Les sandales d'Ali-Boulouf
Moulik et le voilier des sables

Low, Alice,
La sorcière qui avait peur

Mativat, Marie-Andrée et Daniel,
Le lutin du téléphone
Mademoiselle Zoé

Rollin, Mireille,
La poudre de Merlin-Potvin

Roy, Pierre,
Barbotte et Léopold
Salut, Barbotte!

Sauriol, Louise-Michelle,
La course au bout de la terre
La sirène des mers de glace

Simard, Danielle
Lia et le nu-mains

ACHEVÉ   D'IMPRIMER
EN   FÉVRIER   1995
SUR LES PRESSES DE
PAYETTE & SIMMS INC.
À SAINT-LAMBERT (Québec)

C
G A G
Ville de Montréal

**Feuillet
de circulation**

À rendre le	
Z 20 JUIL '95	
Z 16 AOU '9 · 2 6 NOV 96	
Z 18 FEV '97	
Z 12 SEP '95 · Z 11 JUIL '97	
Z 04 OCT '95	
Z 18 NOV 96 · 0 2 JUIN '99	
· 1 8 DEC '99	
· 2 3 AOU 00	
Z 09 DEC '95 · 6 AOU	
Z 10 JAN '96	
Z 05 FEV 96	
Z 31 FEV '9	
Z 17 FEV '96	
Z 27 MAR '96	
Z 21 AVR 96	
Z 05 MAI 96	
Z 19 SEP 96	

06.03.375-8 (05-93)